ÉPITRE

A M. DE CHATEAUBRIAND.

DE L'IMPRIMERIE DE PLASSAN, RUE DE VAUGIRARD, N° 15,
DERRIÈRE L'ODÉON.

EPITRE

A MONSIEUR

DE CHATEAUBRIAND,

PAR

UN PAYSAN DE LA VALLÉE AUX LOUPS.

Deuxième Edition.

PARIS,

LADVOCAT, LIBRAIRE, PALAIS-ROYAL.

—

1824.

Cette deuxième édition a subi des changemens qui la rendront un peu moins indigne des éloges inattendus que la première vient d'obtenir. Mais je n'ai pu, toutefois, décider mon rustique voisin à se plier à toutes les exigences que lui voulaient imposer les critiques de la ville. Il se refuse à éclaircir l'obscurité de certains passages, dont le sens lui est le plus contesté par ceux-là mêmes qui s'y méprennent le moins. Ne voyez-vous pas, dit-il, que ce faible opuscule, improvisé comme la disgrâce qui l'a fait naître, est près de s'évanouir avec elle ? J'irais péniblement élaborer des vers de circonstance, et la circonstance aurait fui. Il a reçu je ne sais quelle faveur, je ne sais quel mystérieux suffrage, qui le console d'avance de la mauvaise humeur de ses juges ; et sa vanité et sa paresse ainsi appuyées : M. de Châteaubriand, ajoute‑t‑il, était hier ministre, il le sera demain ; vous voyez bien que je n'ai qu'un jour pour le louer.

Paris, 28 juillet 1824.

H. DE LATOUCHE.

ÉPITRE

A

M. DE CHATEAUBRIAND.

Il est, au sein des bois dont Paris s'environne,
Un hameau, chaste exil qu'un mont sacré couronne;
Vallée à qui décembre épargne l'aquilon,
Où les loups disparus n'ont laissé que leur nom.

C'est là que le pasteur, à la foule étonnée
Raconte que jadis, voilant sa destinée,
Et de Sion captive en priant revenu,
Un noble paladin, à la guerre inconnu,
Dévoua sa jeunesse aux rigueurs d'un hermite.
La forêt l'enchaînait sous sa verte limite,

Si ce n'est aux saints jours et quatre fois par mois,
Vers l'heure où Chatenay, dans ses murs villageois,
Le voyait de la messe adorer le mystère,
Au pied du même autel qui baptisa Voltaire.

Se souvient-il encor, le favori des Rois,
De ces lieux consacrés, de ces jours d'autrefois,
Où, pauvre desservant du temple de mémoire,
Étranger à la cour et non pas à la gloire,
Du soldat couronné repoussant les faveurs,
Ses écrits préparaient, au sein des bois rêveurs,
(Et du siècle indévot charmant l'idolâtrie)
L'avenir d'un talent si cher à ma patrie?

C'est du fond de ces bois, c'est du même vallon,
Où sa harpe chrétienne évoquait Apollon,
Que j'ose, sans espoir et sans haine et sans titre,
A sa noble disgrâce adresser mon Épître.

La France t'avait vu, transfuge des beaux-arts,
Des seuils glissans du Louvre aborder les hasards,
Et par l'orgueil séduit déshériter l'histoire
De tes nuits sans sommeil et de tes jours sans gloire;
Elle osa supposer, rêves trop tôt détruits,
Qu'un sacrifice illustre aurait d'illustres fruits;
Que son bonheur paierait ta gloire abandonnée;
Et d'un ingrat oubli si la Muse étonnée,
Pleurante, a déchiré ses couronnes de fleurs,
La Patrie un moment suspendit ses douleurs:
Elle espéra qu'enfin des mains chastes et pures
Mêleraient le dictame au fiel de ses blessures.

Elle espéra long-temps : son espoir s'est lassé.
De soins ambitieux le génie éclipsé
N'est-il qu'un des rayons de cet astre adultère,
Enveloppé soudain des vapeurs de la terre?

Aujourd'hui par ta chute archange relevé,
Pourquoi ton désespoir, ces vœux du réprouvé,

Ces lamentables cris poussés par la victime
Qui consuma neuf jours à tomber dans l'abîme ?
Résigne-toi sans faste à des honneurs nouveaux,
Que ta chute éclatante écrase tes rivaux ;
Mais heureux d'abdiquer le pouvoir infidèle,
Reste innocent des maux que l'avenir recèle.

La France, après ses jours de gloire et de remords,
Va se voir disputer le testament des morts,
La liberté : seul dieu qu'ont effrayé nos armes,
Et tant de fois conquis par du sang et des larmes.
L'âge futur encor, hélas ! bénira-t-il
Le nom d'un sage Roi conseillé par l'exil,
Ou va-t-il, insultant à des mânes célèbres,
Du siècle d'Abeilard restaurer les ténèbres ?

Navigateur sauvé par l'orage imprévu,
Rends grâce à tes destins ; car tu n'auras point vu
Refleurir Loyola sous ta puissante égide,
Des libertés du peuple ennemi régicide,

Loyola, saintement, humblement scélérat,

Tortueux agresseur des bases de l'état,

Serpent, qui protégé de ruines et d'ombres,

Essaie un front impur à travers nos décombres.

Assez, ingrat poète, aux jours de ton déclin,

Tu ternis la candeur de ta robe de lin.

N'irrite plus l'histoire, et préviens sa vengeance.

Partiale envers toi dans sa longue indulgence,

L'équité populaire, aujourd'hui sœur des lois,

Qui condamne le juge et règne sur les Rois,

Peut t'excepter encor des vulgaires ministres :

De leur courroux bourgeois, de leurs sermons sinistres,

Elle avait séparé le miel de tes discours.

Si leur fureur menace, écho lointain des cours,

Toi, de la liberté consolant l'infortune,

Tu sais des fleurs du Pinde embaumer la tribune.

A chaque loi blessée, involontaire abus,

Ton atticisme invente une forme de plus :
L'injustice, avec toi, produit la politesse.
On t'aurait dit chargé de parer leur rudesse;
Et pourvu que ton style ou ton goût soit cité,
Qu'importe si la loi naît sans humanité.

Qu'au pied de la tribune, en cette auguste enceinte
Où la foi d'Escobar veille à notre arche sainte,
Il s'élance un soldat, le glaive dans la main,
Ton pouvoir est muet. Mais, Monseigneur, demain,
Demain, ta voix plus douce, et jamais hypocrite,
De nos rangs opposés vantera le mérite;
L'honorable exilé s'est conquis un flatteur :
On t'a vu caresser d'un regard protecteur
Des bancs déserts, témoins d'une mâle énergie,
Et la lumière absente obtient une élégie.

C'est toi dont le crédit, seul espoir des auteurs,
Disputait la pensée à ses inquisiteurs.
De l'or du double mont veut-on doter l'Église?

Ton front se ceint d'amour, ta voix s'évangélise,

Et tu viens, sous les fleurs d'un discours un peu long,

Défendre en rougissant le budget d'Apollon.

Sans feinte humilité, sans orgueil, sans parades,

Tu nommais les proscrits tes anciens camarades :

On dit qu'on t'a vu même, à l'insu des commis,

En habit du matin solliciter Thémis;

Et s'il fallait enfin céder à leur délire,

Aux oppresseurs des arts c'est toi qui semblais dire :

Frappez, accouplez-les au châtiment hideux,

Mais du moins, en passant, laissez-moi parler d'eux.

Et ces demi-vertus, ces pudeurs mensongères,

D'un remords d'Excellence atteintes passagères,

Le pouvoir dans ton cœur en eût tari le cours.

O Vérone ! ô faiblesse ! air dangereux des cours !

Quand l'Adige écoutait, précipitant son onde,

Conspirer en congrès l'ignorance du monde,

Quel factieux amour jurais-tu d'oublier ?

Dis-nous, du Saint-Sépulcre illustre chevalier,
Qu'as-tu fait des sermens par qui devait ton zèle
Susciter des vainqueurs au Croissant infidèle ?
O poète ! ô chrétien ! tu vis donc sans frémir
La Grèce palpiter sous les pieds d'un Emir !
Ta voix calomnia la mort de ses victimes ,
Et les seuls oppresseurs sont-ils donc légitimes ?

L'arrêt qui t'a frappé pour ta gloire est écrit,
Et ton nom périssait s'il n'eût été proscrit.
Sur les pas d'un parti descendu dans la lice ,
Si tu n'étais vaincu, tu devenais complice.
Tu hais les oppresseurs et mets à leurs genoux
La liberté, qu'un jour tu voulais comme nous.
Quoi ! l'affranchi d'hier, faut-il qu'il se confonde
Aux Mentors aveuglés des possesseurs du monde,
Ingrats, qui d'un long joug sans murmure accablés,
Du char de Bonaparte à peine dételés,

Conseillent à leurs rois de nous flétrir d'entraves,
Nous, peuples, seuls vengeurs de leurs sceptres esclaves.

Et le contemporain des âges à venir,
Dans leur rêve insensé pouvait entretenir
Ces puissances d'un jour contre un grand siècle armées;
Que faisais-tu, géant, au milieu des pygmées?

Laisse du marguillier les mépris insultans
Dédaigner de traiter avec l'esprit du temps;
Et ces vieux poursuivans d'une inverse carrière,
Qui, pleins de tant d'ardeur, s'élancent en arrière;
Laisse quelques enfans tout allaités de fiel,
S'acharner, au signal de l'or officiel,
Sur le lion blessé de la philosophie;
Laisse un de nos Abbés, dont la haine édifie,
De la sainte amnistie aiguiser le pardon.
Contre Bayle et Rousseau, peut-être Fénélon
Laisse un de nos faubourgs agiter ses aïeules.
Trop ingrates beautés! pourquoi vous voit-on seules

En vain contre Voltaire armer vos longs chagrins ?
Voltaire et vos amours étaient contemporains.

J'ai vu, dans nos forêts, sous l'ombre de l'yeuse,
Le hibou quereller l'aurore factieuse :
Je sais que le troupeau des dogues turbulens,
Qui voit voler d'un char les quatre orbes roulans,
Viendra, précipité dans sa rage imbécille,
Insulter son essor, mordre la roue agile.
Mais si la roue agile et les coursiers lassés
Ont à franchir des monts d'obstacles hérissés,
Le char, sans se hâter, fournira sa carrière,
Vainqueur de ses rivaux, les couvre de poussière ;
Et les dogues, usant et leurs dents et leurs voix,
Le poursuivront long-temps par de rauques abois.

Quoi ! vouloir qu'un grand fleuve en sa source retombe ?
Recommencer le temps ? proclamer dans la tombe
La liberté vivante ? Étrange déraison !
C'est nier le soleil, voilé sous l'horizon.

Et n'osez-vous pas voir, que quand vos priviléges
N'ont d'appui vieillissans, d'apôtres sacriléges,
Qu'en ceux dont la raison voit pâlir son flambeau,
Et qui déjà d'un pied habitent le tombeau,
Vos jeunes ennemis, mûrissant leur courage,
Des malheurs du passé réclament l'héritage?

De vos noms comparés, si l'histoire a frémi,
Jours sanglans de septembre et de Barthélemi;
Si la France a subi Charles-Neuf, Robespierre,
Et des Brutus abjects la horde meurtrière :
Le ciel lui doit un bien, dans sa haute équité,
Plus grand que ses malheurs, et c'est la liberté.

Dieu qu'adorait Caton, tu n'es pas la furie
Dont s'étanche la soif au sang de la patrie.
N'a-t-il pas ce grand peuple, en proie au dieu du mal,
Acquis pour ses enfans le droit saint et fatal
D'hériter des malheurs, et s'il le faut, des crimes?
O Bailly, Malesherbe, immortelles victimes,

Voulant guider le char, par le char écrasés,
Vos flancs se seraient-ils sans profit épuisés!
Guerriers, dont la vertu chère à deux renommées
Vit l'Europe s'enfuir devant quatorze armées,
Dans vos mâles tombeaux n'êtes-vous plus Français,
Vous, Marceau, Dugommier, jeune ombre de Desaix!
Enfin, sur un autel hostie abandonnée,
Dans le ciel de Henri de vertus couronnée,
Toi, dont le cœur, royal en tes derniers accens,
Pardonne à tes bourreaux, à tes amis absens..,
Nos pleurs ont-ils en vain marqué ce jour du crime
Où tout pâlit d'effroi, si ce n'est la victime!

Non, Dieu compta vos pleurs : ne fuyez pas, enfans,
Pour avoir vu deux fois les vaincus triomphans;
Ne quittez pas l'espoir des moissons plus prospères
Si la ronce a grandi dans les champs de vos pères.
La liberté veut fuir? chère au deuil fraternel,
O pasteurs innocens des tentes d'Israël,

Défendez ses lambeaux : c'est, de larmes mouillée ,
La robe de Joseph par des monstres souillée.

Du moins Châteaubriand, l'enfant des chastes sœurs,
N'aura pas plus long-temps, au gré des oppresseurs,
Mêlé la voix du cygne à leur concert sauvage ;
Laisse-nous, s'il le faut, subir, user leur rage ,
Nous, reste des combats, que le temps a placé
Entre un lent avenir et l'horreur du passé ,
Mais qui, fiers et certains des moissons près d'éclore,
Des autans fugitifs pouvons sourire encore.

Un grand homme au pouvoir s'il a pu parvenir
Répond seul de son siècle aux siècles à venir :
Regarde Cicéron : des bourgeois consulaires
Rêvaient à ses côtés les honneurs séculaires ;
Sur la chaise curule il est seul aujourd'hui.
Quels obscurs magistrats prévariquaient sous lui ?

A peine on se souvient, débauche de l'histoire,
Qu'un brutal ennemi des arts et de leur gloire,
Des bords armoricains je ne sais quel Gaulois,
Au rire de Thalie osait dicter ses lois;
Qu'un trésorier gascon, escomptant les nouvelles
Qui des camps d'Ibérie arrivaient sur des ailes,
Gouvernait sur la place, et trompait à la fois
Les financiers romains et les Carthaginois.

Des noms que l'avenir agite en ses balances,
Ton nom survivra seul. Que d'autres excellences
Se flattent d'obtenir de la postérité
Ce regard que leurs vœux peut-être ont mérité;
L'histoire viendra-t-elle accueillir leurs services?
L'atteste qui voudra : l'histoire a ses caprices;
Elle peut dédaigner, par un oubli fatal,
Peyronnet, bien qu'elle ait consacré L'Hôpital;
Oublier, pour Sully, Villèle avec Corbière;
Mais toi, ceint des lauriers d'une double carrière,

Tu dois vivre; et céder, riche d'un autre éclat,
L'horizon politique aux aigles de l'état.

Oui, prudent ministère, où l'avenir se fie,
Vous aurez votre gloire; et la philosophie
Peut aux champs espagnols, où règnent nos guerriers,
Contempler sans effroi vos innocens lauriers.
Vos triomphes du moins à la profane histoire
N'ont pas jeté, sanglant, le nom d'une victoire.
Mars, abjurant du fer les périls inhumains,
D'un métal généreux s'est armé de vos mains.
Si trois chefs sont tombés devant un fort rébelle,
Le temps les a touchés de sa faux naturelle;
Sans deuil et sans cyprès le triomphe est plus beau,
La foule des martyrs n'occupe qu'un tombeau.

Ainsi devant les yeux de la sage déesse,
La guerre est sans combats, le pardon sans faiblesse;
Et l'amour, si jamais jusqu'au seuil de la cour
Vos responsables mains laissaient passer l'amour,

Qu'il expie à genoux, le front dans la poussière,
Les myrtes de Henri, les pleurs de la Vallière ;
Et désarmé de traits, qu'en son dévot loisir
Il soit pur de triomphe et même de désir.

Oui, le bien s'accomplit : la publique morale
S'épure ; et ses progrès font pâlir le scandale.
L'opprobre, sous l'hermine, atteint le délateur ;
Des œuvres de l'esprit ce lourd exécuteur,
Dont le pédant orgueil se prélassait naguères,
Épuise les mépris des cœurs les plus vulgaires ;
Et tels qui dans nos rangs trop long-temps confondus
Aux jours du Directoire étaient déjà vendus,
Qui du jeune Consul ont salué l'aurore,
Puis l'Empereur, le Roi, puis l'Empereur encore,
Conservent leur emploi des laquais rebuté.
Honneur à mon pays, qui n'a pas recruté
Ces lâches bataillons guidés par cent polices,
Et des forfaits du peuple infaillibles complices.

Eh bien ! ces pourvoyeurs de la haine des cours,
S'ils sont toujours plus vils, sont les mêmes toujours :
Chansonniers, chambellans, flatteurs inévitables,
Réacteurs d'antichambre, accusateurs de tables,
Chacun d'eux, sans courage, est dans l'ombre abattu,
Scélérat, si son cœur avait une vertu ;
Mais puisqu'enfin trahir absout toujours les traîtres,
Depuis quinze ans, trente ans, valets de tant de maîtres,
De la pensée en France ignobles oppresseurs,
Les mouchards sont mouchards et les censeurs censeurs.

Tu n'auras plus du moins, toi que l'exil enchaîne,
De nos grands citoyens la vertueuse haine.
Vos noms, de sa puissance un moment ennemis,
Sous ce titre vengeur ne seront point transmis,
Lanjuinais, qu'un tyran n'osa jamais abattre ;
Foy, qui parle en vainqueur comme il a su combattre ;
Girardin, par Rousseau dans la lice affermi ;

De Camille* au tombeau cet éloquent ami ,**
Penseur, dont la doctrine a fleuri dans l'école ;
D'Argenson , Liancourt ; Daru , dont la parole
Du lion de Saint-Marc a troublé le sommeil ;
Saint-Cyr, que la Victoire écoutait au conseil ;
Enfin cet orateur qui voit la violence
Condamner sa raison aux honneurs du silence :
Flambeau de qui l'éclat absent mais non voilé,
Resplendit au Forum dont il est exilé.

Ne nous repousse pas dans notre obscur hommage,
Nous, génération de deuil et de passage,
Enfans déshérités, nous, de qui les autels
N'ont refusé d'encens qu'aux pieds des dieux mortels;
Nous, qui d'un joug sans gloire acceptons la souffrance,
Mais présens, mais debout, martyrs avec la France.
Nous, quand sur ce grand peuple, un peuple de guerriers
S'appesantit leur joug infidèle aux lauriers,

Camille-Jordan.   ** M. Royer-Collard.

Qu'on ne verra jamais cherchant de vils refuges
De drapeaux étrangers voiler nos fronts transfuges ;
Et s'il se lève enfin le jour d'un beau trépas,
Nous qu'atteindront leurs coups, qui n'émigrerons pas !

S'il est quelque rivage où croît, sous des tempêtes,
Ce vieux laurier dont Rome honorait ses défaites,
Alors que ses enfans, de sa grandeur certains,
Ne désespéraient point de ses futurs destins,
Que d'un de ses rameaux notre deuil se décore ;
Car en tes jours lointains nous espérons encore,
O patrie ! A leurs pieds n'incline pas ton front ;
Tu subis un revers, et non pas un affront.

Et toi, du sein du port où ta grandeur s'augmente,
Oserais-tu pleurer les jours de la tourmente !
Le pouvoir qui t'a fui, demain peut t'être offert ;
Repousse ce malheur assez long-temps souffert.
Tu promis, jeune encor, déjà cher à la gloire,

L'âge de tes regrets aux Muses de l'histoire ;

Ne laisse plus ton nom, traîné de seuils en seuils,

Honorer ton rival et parer des écueils.

Quoi ! reprendre une part aux malheurs qu'on décide,

Et dans la mort des arts un concours parricide ;

Être encore assailli de rivaux insolens,

Par leur voix métallique accusé de talens ?

Déserte les sentiers du Louvre où tu t'égares,

Dépouille l'excellence et les cordons tartares,

Et sans trahir ta gloire à chercher des remords,

Pour éclairer ton choix viens consulter deux morts.

Vois-tu du chœur sacré des vieilles basiliques

Monter de ce tombeau les marbres symboliques ?

Quel ministre ici dort ? Ne le demande pas

Au peuple indifférent dont il heurte les pas ;

Quand ce marbre infidèle, érigé pour l'histoire,

Lui-même de son hôte a perdu la mémoire,

Trop heureux que ce peuple essaie à l'oublier ;

Vois ce tertre fleurir au pied d'un peuplier :

Là vient l'époux, l'enfant dans les bras de sa mère,
Le sage, le vieillard. Ce sépulcre éphémère
Peut-être a recueilli, sous la pourpre expirant,
Du treizième Louis le fastueux tyran ;
Qui la connaît encor maudit sa cendre vile ;
Et ce gazon, baigné des flots d'Ermenonville,
Voit la raison du monde y chercher des flambeaux ;
Choisis, homme ou ministre, entre ces deux tombeaux.

Fils du ciel, inhabile aux crimes de la terre,
Viens, reviens habiter mon hameau solitaire :
Assez, dans les ennuis d'un si stérile honneur,
Ton nom s'est obscurci du nom de Monseigneur ;
Reviens du val d'Aulnay visiter la chapelle :
Ton belliqueux ami, Montmorency, t'appelle.
Acquéreur du manoir et non ton successeur,
Avec moins d'appareil et de feinte douceur
Qu'il n'a laissé tomber le royal portefeuille,
Il te rendra des bois parés de chèvrefeuille ;

L'ombrage un peu grandi de ton naissant jardin ;
Et, dans un flacon pur, ces ondes du Jourdain,
Relique aventureuse et saintement gardée,
Inépuisable honneur des sources de Judée,
De qui le flot toujours emplit l'heureux cristal,
Bien qu'épanché deux fois sur un berceau royal.

Accours ; et ces jasmins qui pour nos monts sauvages
Ont du Mançanarès oublié les rivages,
Et des rocs du Liban à ta voix descendus,
Ces cèdres voyageurs, ils te seront rendus ;
Et jusqu'à ces créneaux, si récemment gothiques,
Restaurés tour-à-tour de vos mains politiques.

Là, comme à Tusculum ouvert à la raison,
Viens cultiver les fruits de ta blanche saison,
Mûrir historien où tu fleuris poète.
Nos bois qui se plaignaient de ta lyre muette,
Ombrageront de fleurs un front découronné :
Là, l'écho s'attendrit au doux nom de René ;

La cascade en fuyant mollement balancée,
Dit les soupirs d'Eudore et de Cymodocée.

Reviens, comme le sage à qui doit mon pays
Le contrat immortel de ses droits envahis,
Contraindre l'avenir et son pieux hommage
A visiter le toit de cet autre HERMITAGE;
Qu'il associe un jour en des nœuds éternels
Votre double mémoire et vos noms fraternels,
Et qu'ensemble admirés, Paris immortalise
Les bois de Velléda, les vallons d'Héloïse.